JUN 16

OLIVIA

Escrito e ilustrado por Ian Falconer
Traducido por Teresa Mlawer

LECTORUM
PUBLICATIONS, INC.

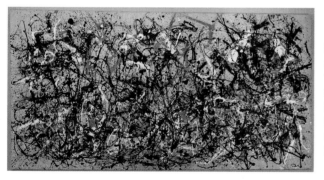

Detalle del cuadro *Ritmo de otoño (número 30)*
de Jackson Pollock, que aparece en la página 29.
The Metropolitan Museum of Art
George A. Hearn Fund. 1957. (57.92)
Fotografía © 1998 The Metropolitan
Museum of Art. Cortesía de la fundación
Pollock-Krasner/Artists Rights Society (ARS),
New York.

Detalle del cuadro Ensayo del ballet en el escenario, 1874
de Edgar Degas, que aparece en la página 26. Óleo sobre
tela (65 x 81 cm). Cortesía del Museo de Orsay, París.

Para la verdadera Olivia, para Ian
y para William,
que no llegó a tiempo de aparecer en este libro.

Ésta es Olivia.

Es buena en muchas cosas.

Y una experta agotando a los demás.

Hasta ella misma se agota.

Olivia tiene un hermanito que se llama Ian.
Él siempre la imita.

A veces Ian no la deja en paz,
y Olivia tiene que ponerse firme.

Olivia vive con su mamá, su papá, su hermano,
su perro Perry,

y Edwin, el gato.

Por las mañanas, después de levantarse
y volver loco al gato,

se lava los dientes,
se limpia las orejas,

lo vuelve a marear,

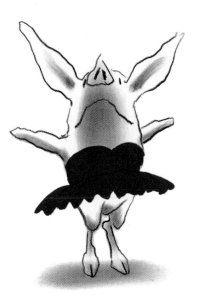

y se viste.

Olivia se lo tiene
que probar todo.

 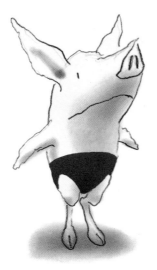 

A Olivia le encanta ir a la playa los días soleados.

Está convencida
de que debe ir bien preparada.

El verano pasado, cuando Olivia era pequeña,
su mamá le enseñó a hacer castillos de arena.

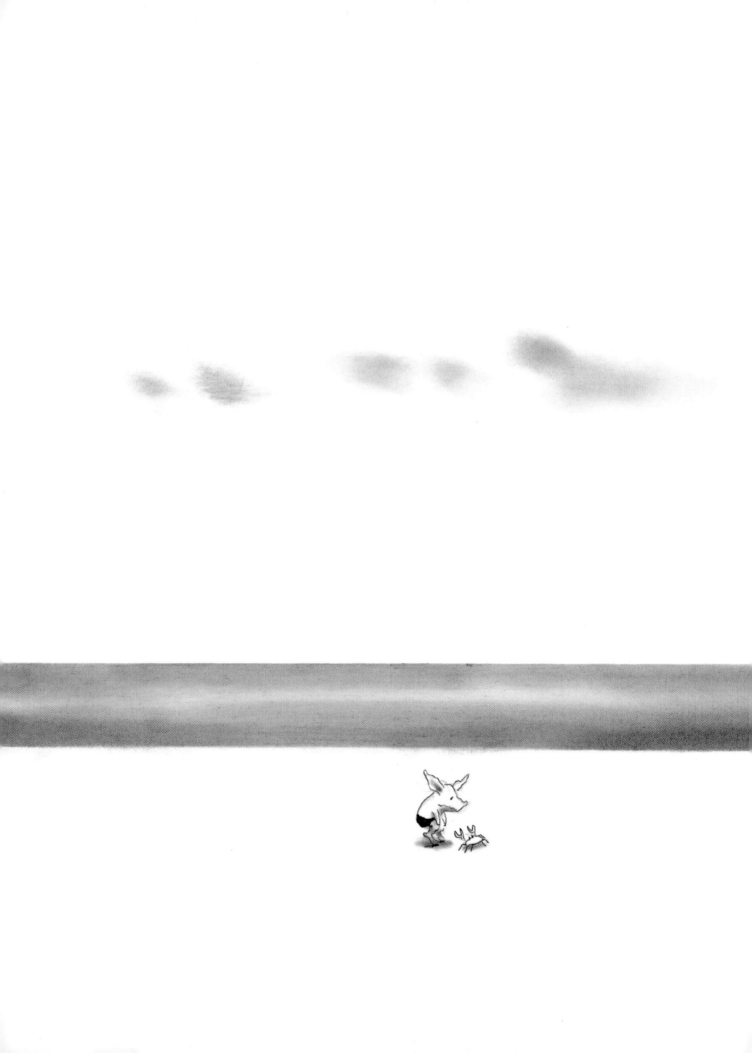

¡Y vaya si aprendió!

También le gusta
tomar el sol.

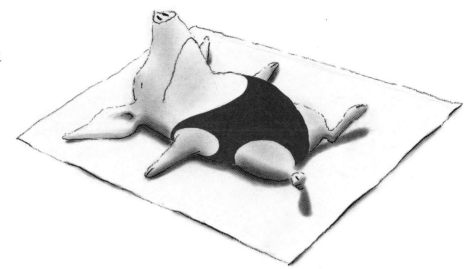

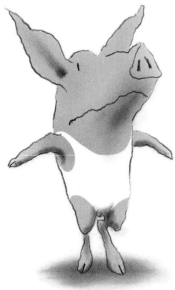

Cuando su mamá cree que ya ha tenido suficiente,
vuelven a casa.

Se supone que todas las tardes Olivia debe dormir
la siesta.

—Es hora de "tú-ya-sabes-qué" —le dice su mamá.

Olivia no tiene ni pizca de sueño.

En los días de lluvia, a Olivia le gusta ir al museo.

Va directamente a ver su cuadro favorito.

Y lo observa durante largo rato.
¿Qué estará pensando?

Pero hay una pintura que Olivia no acierta a comprender.
—Yo podría hacer lo mismo en cinco minutos —le dice a su mamá.

Y en cuanto llega a casa, lo intenta.

Y la castigan.

Después de un baño calentito

y una deliciosa cena,

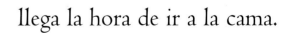

llega la hora de ir a la cama.

Pero como siempre, Olivia no tiene ni pizca de sueño.

—Sólo cinco libros, mamá... —le dice.

—No, Olivia, sólo uno.

—¿Y si fueran cuatro?

—Dos.

—Tres.

—Está bien, tres.

¡Pero ni uno más!

Cuando terminan de leer, su mamá le da un beso y le dice:

—¿Sabes una cosa? Realmente me agotas.

Pero te quiero así, como eres.

Olivia le da un beso y le dice:

—Yo también a ti, mamá. Yo también te quiero.